D1147265

ÉLAGUÉ

Nous remercions le ministère du Patrimoine canadien,
la SODEC et le Conseil des Arts du Canada
de l'aide accordée à notre programme de publication

Patrimoine canadien — **Canadian Heritage**

SODEC Québec ❤️ — **Conseil des Arts du Canada** — 🌳 **Canada Council for the Arts**

ainsi que le Gouvernement du Québec
– Programme de crédit d'impôt
pour l'édition de livres
– Gestion SODEC.

Nous reconnaissons l'aide financière
du gouvernement du Canada
par l'entremise du Programme d'aide au développement
de l'industrie de l'édition (PADIÉ) pour ce projet.

Illustration de la couverture
et illustrations intérieures :
Fanny

Couverture :
Conception Grafikar

Édition électronique :
Infographie DN

Dépôt légal : 3ᵉ trimestre 2005
Bibliothèque nationale du Canada
Bibliothèque nationale du Québec

123456789 IML 098765

UN ÉTÉ DANS LES GALAXIES

**DE LA MÊME AUTEURE
AUX ÉDITIONS PIERRE TISSEYRE**

Collection Conquêtes

« Nordik Express », nouvelle dans le collectif de l'AEQJ
Entre voisins, 1997.

Le cri du grand corbeau, roman, 1997.

« Les foufounes blanches », nouvelle dans le collectif
de l'AEQJ *Petites malices et grosses bêtises,* 2001.

Collection Papillon

« L'aiyagouk ensorcelé », conte dans le collectif de
l'AEQJ *Les contes du calendrier,* 1999.

Collection Sésame

Kaskabulles de Noël, roman, 1998.
Une araignée au plafond, roman, 2000.
Jérémie et le vent du large, roman, 2003.

Données de catalogage avant publication (Canada)

Sauriol, Louise-Michelle

    Un été dans les galaxies

    (Collection Sésame ; 75)
    Pour enfants dès 6 ans.

    ISBN 2-89051-925-2

    I. Titre. II. Collection : Collection Sésame ; 75.

PS8587.A386E84 2005   jC843'.54   C2005-940341-1
PS9587.A386E84 2005

LOUISE-MICHELLE SAURIOL

UN ÉTÉ
dans les galaxies

roman

ÉDITIONS
PIERRE TISSEYRE

5757, rue Cypihot, Saint-Laurent (Québec) H4S 1R3
Téléphone: (514) 334-2690 – Télécopieur: (514) 334-8395
Courriel: ed.tisseyre@erpi.com

À Gabriel.

1

LE PIÈGE À SOURIS

Trente-six souris grises trottent dans ma tête. L'oreille distraite, j'écoute un nouvel élève présenter son projet de vacances. Le chanceux, il part en voyage. Il s'appelle Fabien et va explorer les montagnes Rocheuses.

— Jérémie, es-tu là ? demande Jeanne, notre enseignante.

— Oui, oui.

Le concours *Évasions d'été* commence aujourd'hui. La classe de mon amie Sandrine et la mienne sont réunies. Chaque élève doit préparer un exposé. Pour moi, c'est le supplice. Je n'ai rien à dire. Rien de rien.

Jeanne nous a suggéré d'inventer quelque chose. Mais quoi ? Sur mon calendrier d'été, je ne vois que des souris sombres. Des rongeuses de projets aux dents pointues.

Papa a perdu son emploi le mois dernier. Comble de malchance, ma grand-mère est tombée malade. Maman est partie la soigner. Cette nuit, elle doit même coucher chez Mamie.

Rêver de vacances est devenu impossible. D'abord, on n'a pas d'argent. Ensuite, Mamie se porte trop mal pour que nous la quittions. Tout est foutu.

Fabien décrit avec brio son évasion de juillet. Son parrain lui a prêté des cartes postales sensationnelles. Avec sa veste bleu poudre et sa culotte de montagne, il semble déjà prêt à se lancer à l'aventure.

Les élèves l'applaudissent et lui posent un tas de questions. Un vrai succès.

Même Sandrine n'arrête pas de sourire au nouveau. On dirait le champion des vacances. Très fier, il revient s'asseoir à sa place en faisant tourbillonner ses cartes postales.

Sur la chaise de Fabien, j'aperçois un phoque aux nageoires bleu poudre garnies de puissants aimants. Fabien-le-phoque fait tourner des dizaines de cartes postales sur son nez : des cartes superbes

avec de la neige et des glaciers dessus. Il fixe Sandrine, qui agite la main dans sa direction. Le phoque-aux-aimants va-t-il réussir à l'attirer ?

Je me lève pour protester, mais les souris chagrines m'écrasent.

— Jérémie, veux-tu dire quelque chose ?

— Non, non.

— Alors, calme-toi et attends ton tour, déclare l'enseignante.

J'essaie de ne plus regarder Fabien. Comment piéger les souris et inventer une évasion d'été palpitante ?

À la récré, Sandrine court vers le nouveau, munie d'une carte géographique. Elle a l'air de comploter avec lui. Il se penche vers elle. Fabien avec Sandrine. MA Sandrine !

Les souris forment un gros nuage noir en moi. L'orage menace d'éclater. Je m'éloigne de Fabien et de Sandrine en serrant les poings. Attendez un peu, on verra lequel de nous deux Sandrine aime le plus!

Retour en classe. Tout le monde semble avoir des idées époustouflantes, sauf moi. Quelle vilaine journée! Je déteste l'école. Je déteste le manque d'emploi, la maladie et les phoques bleu poudre.

Ouf! La cloche de fin d'après-midi sonne. Au moins, on rentre à la maison. En prenant l'autobus scolaire, j'ai des sanglots dans la gorge.

Je me tourne vers mon amie. Des étoiles brillent dans ses yeux. Serait-elle amoureuse du nouveau?

Les étoiles… Je n'y avais pas pensé. Une idée vient percer le nuage noir bourré de souris. Flourp! Un tube géant les aspire d'un seul coup: le télescope de mon grand-père! Cet instrument procure des évasions extraordinaires. Avec un télescope, on peut sortir dans l'espace à volonté! J'aurai ainsi un projet d'été unique. Je partirai en voyage dans les étoiles et les galaxies! De quoi épater les copains et copines. Sans compter que les galaxies valent bien les montagnes Rocheuses!

— Pourquoi te sauves-tu, Jéri? me demande Sandrine, une fois que nous sommes descendus à notre arrêt.

— Je veux travailler à ma présentation pour l'école.

— Ce sera quoi?

— C'est un secret!

Je m'enfuis en emportant les étoiles cueillies dans le regard mauve de mon amie.

Maintenant, à l'ouvrage: le temps presse!

2

LE COMMANDO
DES GALAXIES

Le télescope est rangé dans une armoire du sous-sol. On l'a placé là depuis la mort de Papi. Maman nous a défendu de nous en servir. Elle a dit d'attendre qu'on nous en explique le fonctionnement. Mais, ces jours-ci, personne ne pense à l'astronomie.

J'ai donc décidé d'emprunter l'instrument magique. Ensuite, je le remettrai à sa place dans le plus grand secret.

Dès mon arrivée à la maison, je pique directement vers le sous-sol. Un bruit de galopade me met soudain en état d'alerte : mon petit frère et notre chien Croquemitaine sont sur mes talons. Malchance !

— Tu fais quoi, ici ? demande Guillaume.

Je n'arriverai jamais à me défiler. De plus, papa travaille dans son bureau à l'étage et peut s'amener n'importe quand. Je fais mieux de mettre Guillaume dans le coup. Il pourra m'aider à transporter le télescope dans la remise du jardin. La première étape sera franchie.

En vingt mots et en autant de secondes, je lui explique mon plan. Mon petit frère s'emballe, très fier d'être associé à mon projet. Pourvu qu'il ne fasse pas de sottises !

J'ouvre doucement l'armoire interdite. Nous sortons la boîte contenant le matériel de grand-père : des jumelles, un cahier de cartes du ciel et le fameux télescope. Je m'en empare et confie les jumelles et le cahier à Guillaume.

À pas de loup, nous grimpons l'escalier, Croquemitaine en tête, les oreilles dressées. Malheur ! Un bruit de chaise se fait entendre. Papa s'en vient !

À toute vitesse, j'ouvre le placard en haut de l'escalier, j'en extrais l'aspirateur et le remplace par le télescope. Guillaume s'empresse d'y déposer ses articles. Au moment où je referme la porte du placard, papa apparaît.

— Qu'est-ce qui vous prend de faire du ménage ?

J'ai un nœud dans la langue. Je finis par dire :

— On a échappé des miettes sur le tapis du salon.

— Avec le télémachin, ajoute Guillaume.

— Mettez ça de côté, ordonne papa. Venez plutôt m'aider à préparer le souper !

Maman étant chez notre grand-mère, il s'improvise chef cuisinier. Aucune chance de compléter notre début de mission spatiale. À moins que… Je lance un regard complice à Guillaume.

— Juste un instant, papa. On vient tout de suite après.

Je tire l'aspirateur et mon assistant maladroit dans le salon. Une fois le bruyant appareil mis en marche, j'explique à Guillaume la suite des opérations : se taire et attendre. À minuit, nous irons porter l'équipement dans la remise. Si le temps est clair, nous observerons le ciel. L'explication terminée, je lui répète trois fois :

— Surtout, PAS un mot à papa.

— Juré !

J'éteins l'aspirateur et cours à la cuisine rejoindre le chef des marmitons.

Heureusement, il ne me pose plus de questions. Ouf!

Mon petit frère se tient coi jusqu'à l'heure du coucher. Rendu dans notre chambre, il fait un bond de kangourou et saute dans son lit en criant «Youpi!»

— Du calme!

— Tu ne vois pas que je dors? dit-il, tout excité.

Heureusement, la fatigue finit par l'emporter dans un profond sommeil. Je règle le réveil à minuit et le cache sous mon oreiller.

Quand il se met à sonner sous ma tête, je saute en bas du lit. Déjà? Je secoue Guillaume, qui se lève en ronchonnant et finit par me suivre.

Munis de lampes de poche, nous descendons sur la pointe des pieds. Nous reprenons les instruments dans le placard, et en route! Comme des filous, nous traversons la cuisine avec notre butin. J'attrape au passage la clé de la remise sur son clou. Un grincement de porte, et nos deux ombres se faufilent dans la nuit.

Le hululement d'une chouette nous fait frémir. Nous continuons d'avancer. Tout à coup, mon petit frère sursaute.

— Jérémie, des fantômes !

— Veux-tu te taire !

— Des fantômes noir et blanc…

— Chut ! Papa peut nous entendre. Sa fenêtre est juste au-dessus.

L'instant est grave. Nous tenons l'équipement pour le voyage dans l'espace.

Reste à tenter un essai de décollage avec les jumelles et le télescope. À nous les galaxies ! Je dépose mon fardeau sur le gazon.

Le ciel est piqué de millions d'étoiles. C'est magique!

— Ça pue! lance soudain Guillaume. Regarde là-bas.

Oh! les fantômes se sont transformés en mouffettes! Une famille complète s'agite, troublée sans doute par notre présence. Le père, la mère et les petits. Sauve qui peut!

Guillaume a disparu. J'essaie de contrôler mes émotions. Les mains tremblantes, je plante la clé dans le cadenas et je tourne. Clic! Je dégage la porte et range le matériel en vitesse. À la dernière minute, je décide de reprendre les cartes du ciel pour les consulter. Enfin, je ferme la remise.

Un bref regard sur les mouffettes: les fantômes noir et blanc se sont volatilisés, laissant leur parfum flotter dans l'air. Ouache! Je rentre à mon tour, dégoûté par

l'odeur. Une fois la clé remise à sa place, je monte à notre chambre. Guillaume dort, le chien couché au pied de son lit.

Quant à moi, je me demande si je pourrai fermer l'œil. Les péripéties de la journée me tiennent éveillé. Fabien-le-phoque me pique de ses nageoires aimantées. Je dois me préparer ferme. Si je lisais les cartes du ciel?

J'ouvre le cahier mystérieux et dirige la lueur de ma lampe de poche sur la première carte. C'est une représentation du ciel au printemps. Voyons la deuxième… Chouette! Des dessins et une histoire d'ourses! Ma chatte Picolette vient de sauter sur l'édredon. Je m'étends confortablement et je parcours la page avec elle.

Le roi des dieux, appelé Zeus, avait une douce amie. Son épouse en était folle de jalousie. Un jour, elle changea cette amie et son enfant en ourses. Jupiter voulut les protéger. Il prit les deux ourses par la queue et les plaça très haut dans le ciel. Elles devinrent la Grande Ourse et la Petite Ourse.

J'aime cette histoire. Je vais la raconter en classe. Sandrine devrait s'en régaler. Ronron… Picolette est déjà plongée dans un profond sommeil. Je m'enfonce au creux de mon oreiller. Ronron…

3

LA TÊTE
DANS LES ÉTOILES

— Tu as l'air fripé ce matin, me dit papa durant le déjeuner.

— On a marché dans la nuit…, commence Guillaume.

Je pousse mon petit frère du pied.

— C'était dans un rêve! s'écrie-t-il, le front rouge cerise.

— Ah bon, murmure notre père, reprenant la lecture des offres d'emploi dans le journal. Vous me faites penser à quelque chose…

Il est si préoccupé qu'il nous oublie. Inutile de lui parler des galaxies ou des étoiles : il ne nous écouterait même pas.

J'avale un grand verre de jus d'orange pour chasser le sommeil. Mes yeux se ferment tout seuls, mais je dois aller en classe. J'ai une annonce importante à faire. J'ouvre un instant mon sac d'école et j'écris dans mon carnet de leçons : « Mon évasion d'été : un voyage dans les galaxies ».

Un projet de vacances, j'en tiens un, maintenant. De quoi regagner le cœur de Sandrine. Soudain, papa se lève et tourne la poignée de la porte de la cuisine.

— Je l'avais pourtant verrouillée, hier soir. C'est curieux. Attention aux rêves éveillés, vous deux!

Je réplique avec aplomb, en rangeant mon carnet :

— J'ai fait sortir le chien de bonne heure.

— Et tu l'as rentré ensuite? s'étonne papa, l'œil malicieux. Tu es matinal aujourd'hui, Jérémie. Peut-être trop. Allez, préparez-vous à partir. Je mets une collation dans vos sacs.

Ouf! L'alerte m'a secoué. Finie la crise du sommeil et en route pour l'école! J'ai hâte de parler à notre enseignante.

Sitôt le bus scolaire arrivé à destination, Sandrine descend la première et va trouver Fabien. Je serre les dents en cherchant Jeanne du regard. Elle n'est pas là. Je devrai attendre pour lui annoncer mon super projet.

Une fois en classe, il est impossible de placer un mot. Le groupe de Sandrine n'est pas avec nous ce matin. Jeanne en profite pour se lancer dans un exposé de maths. J'essaie d'écouter, mais mes paupières s'alourdissent encore.

L'enseignante nous parle de semences et de grains de blé. On dirait que les céréales dorées viennent me boucher les yeux au lieu de tomber dans le champ. Je porte les mains à mon visage…

Tiens, j'ai la figure plaquée contre un gigantesque télescope. J'aperçois des étoiles de toutes les couleurs : des vertes, des jaunes, des rouges… Je repère facilement la Grande Ourse et la Petite Ourse, suspendues par la queue comme des casseroles. Merveilleux !

Tout à coup, le télescope penche dangereusement. On dirait qu'il va plier en deux ou même casser. Je m'étire pour le redresser. J'entends un bruit sec et je crie très fort :

— Attention !

— Jérémie ! s'exclame Jeanne. As-tu dormi sur la corde à linge, hier soir? Tu rêves au lieu d'écouter. Viens t'asseoir en avant!

Je me secoue et ramasse le livre de mathématiques qui vient de tomber. J'occupe maintenant le pupitre des « cancres » et des « énervés ». J'aperçois Fabien qui ricane.

Au risque de recevoir une punition, je déclare à haute voix:

— Moi aussi, je veux faire une présentation sur les vacances. J'ai trop travaillé, d'ailleurs. C'est pour ça que je suis fatigué. J'irai en voyage dans les galaxies!

On glousse dans la classe. Tant pis pour eux, ils verront bien. En tout cas, l'enseignante me prend au sérieux. Elle m'invite à lui parler de mon projet à la récréation.

Une autre étoile vient de s'allumer: une étoile d'espoir. La journée ne sera pas trop mauvaise. Et il n'y a plus de souris grises en vue.

4

CASSIOPÉE
EN PÉRIL

Après l'école, je bous d'impatience. J'ai hâte de me replonger dans les cartes et les histoires de Papi. Cette nuit, je ferai une première excursion dans l'espace. Avec jumelles

et télescope, je m'envolerai. Ensuite, attention tout le monde, je
présenterai ma fabuleuse évasion
d'été!

À bord du bus, Sandrine s'étonne :

— Tu ris tout seul, Jéri.

— Je pense à mon projet de vacances.

— J'en ai entendu parler. Est-ce
juste une blague, ton voyage dans
les galaxies ?

— Pas du tout. Tu vas voir, demain !

Sandrine rit à son tour. J'ai hâte
de lui raconter les histoires du ciel.
Mon exposé scintillera de mille
feux. De quoi éclipser Fabien-le-
phoque aux nageoires bleu poudre.

J'entre dans la maison comme
une tornade. Le sac d'école lancé
d'un côté, le blouson de l'autre,
je me précipite vers l'escalier qui
mène à l'étage.

— Où vas-tu, Jérémie ? demande papa. Je voulais te parler.

— Ça peut attendre ?

— C'est à propos de Mamie.

Je m'arrête sec. Serait-elle encore plus malade ?

— Je voulais te prévenir, reprend papa. Elle n'est pas assez bien pour que ta mère revienne ce soir, mais ne t'inquiète pas trop. Son état n'est pas si grave.

— Ça veut dire que maman ne couchera pas ici ?

— Exact.

Malgré moi, je pousse un soupir de satisfaction. J'ai beaucoup de peine pour ma grand-mère. Je l'aime tant ! Sauf qu'avec maman à la maison, la sortie dans l'espace aurait été impossible. Elle dort d'une oreille. L'autre reste toujours en éveil.

Je m'apprête à grimper l'escalier quand papa ajoute :

— Je voudrais que tu t'occupes de Guillaume avant le souper. Je dois préparer un entretien en vue d'un emploi. Pas de bêtises, compris ?

— Promis ! J'ai un travail important et Guillaume peut m'aider.

— Tu ferais mieux de ramasser ton sac d'école, dit papa d'un ton narquois. Ton frère est déjà en haut.

Penaud, je récupère mon sac amarré à une patte de table. Je prends ensuite ma course vers le cahier aux étoiles de Papi. Dans la chambre, mon assistant joue avec des pièces de *Lego*. La plongée en direct que j'effectue sous mon oreiller le rend soupçonneux.

— Tu caches quoi, avec ton pyjama ?

Encore une fois, je dois partager mes découvertes. J'extrais les cartes de leur cachette. Le chien sur le tapis, la chatte entre nous deux, je raconte à Guillaume l'histoire d'une reine ancienne.

Cassiopée était une reine. Un jour, elle a proclamé qu'elle était plus belle que les créatures de la mer. Le dieu Poséidon, roi de la mer, l'a entendue. Pour la punir de son orgueil, il a envoyé une méchante baleine à ses trousses. Saisie de frayeur, Cassiopée a trouvé refuge dans le ciel. Depuis ce temps, elle se camoufle dans une bande blanche appelée « la Voie lactée ».

— La reine, c'est une étoile ? demande Guillaume.

— Tout un groupe d'étoiles. On dit sur la carte une « constellation ». Regarde les points lumineux.

— On peut les voir dans le ciel pour de vrai ?

— Papi a écrit qu'il faut chercher une sorte de *W* en étoiles et s'inventer le reste.

— Quel reste ?

— Je voulais dire, imaginer la forme de la reine.

— C'est compliqué, dit Guillaume en bâillant.

La nuit dernière a été courte. Appuyé contre Picolette, mon petit frère s'endort.

Je viens de perdre mon assistant, mais ce n'est pas grave. Il sera en meilleure forme pour notre prochaine sortie.

J'essaie de continuer ma lecture. Je deviens soudain léger. J'ai l'impression de voyager. La carte du ciel de Papi s'anime. Des étoiles clignotent. Une sorte de *W* lumineux s'étale devant moi : la reine

Cassiopée! Comme c'est étrange…
Elle ressemble à Sandrine, parée
d'étoiles mauves! Une bête affreuse
se dirige vers elle. Non pas une
baleine, mais un phoque tordu aux
nageoires bleu poudre! Fabien
serait-il un monstre?

Je bondis d'effroi et me frappe la
tête… contre le mur de ma chambre.

«Miaou!» fait Picolette.

Quelle sieste horrible! Un vrai
cauchemar! Je caresse la chatte
avec soulagement. Ensuite, je range
le cahier et je réveille Guillaume:

— Viens! On va aider papa pour
le souper.

— Où sont les étoiles de la reine?

— Chut! Pas un mot du projet.

La vraie expédition sera pour ce
soir, à minuit sonnant.

5

HERCULE
À L'OUVRAGE

Vers huit heures du soir, nous sommes de retour au lit. Je laisse mon petit frère partir au pays des rêves. Quelle envolée rapide pour lui! Moi, j'ai envie de lire une autre histoire d'étoiles avant de m'endormir.

J'allume ma lampe de poche et retire une carte du cahier. Picolette saute dessus. Je la tasse un peu et lui chuchote :

— Regarde, un dessin de géant !

Il s'appelle Hercule. On l'a dessiné un genou par terre et un bâton à la main. Il semble en train de combattre un ennemi. Ça m'impressionne. Si j'arrivais à le repérer avec le télescope, je pourrais en parler dans la classe. Voyons l'histoire :

Un homme fort, appelé Hercule, était prisonnier d'un roi étranger. Ce roi lui a ordonné d'effectuer douze travaux très difficiles. Le premier était d'abattre un lion féroce. Hercule a vaincu Leo le lion et, ensuite, il a revêtu sa peau...

Elle est longue, cette histoire. Je la finirai une autre fois. Examinons la carte de près. J'aimerais découvrir la place d'Hercule dans le ciel.

Au printemps, où se trouve le géant ? Quatre étoiles principales sont repérables dans son corps. Et le reste ? Ce que j'ai sommeil… Ronron, fait Picolette…

Qu'est-ce que cette sonnerie ? Pas possible qu'il soit minuit. Il me semble avoir dormi cinq minutes ! Le cahier de Papi traîne sur mon oreiller. Des cartes aussi… Ah oui, Hercule ! Je m'empare du cahier et j'y enfouis les cartes. Allons-y ! Je débrouillerai le reste dehors, à l'aide du télescope. Je m'élance vers Guillaume.

— Grouille ! C'est le moment !

— Je n'aime pas les fantômes.

— Tu vas manquer le voyage.

— Les mouffettes vont revenir.

— Peureux !

Le voilà qui se tourne de côté. Le « lâcheur » ! Sur son tapis, Croquemitaine lève à peine le museau.

La vadrouille poilue ne bouge pas plus que mon petit frère.

Tant pis pour eux! Ils ne verront rien. J'irai dans les galaxies seul avec Picolette.

Où est passée ma lampe de poche? Elle n'est plus à côté de mon oreiller. Ça m'est égal, je connais l'escalier par cœur. Je saurai me diriger. Les pieds dans mes pantoufles, je me glisse jusqu'au haut de l'escalier. Marche par marche, je descends à la cuisine, les cartes serrées contre moi, la chatte par-dessus le tout.

Un craquement subit me fait tressaillir. J'écoute attentivement. Plus rien. Silence. À tâtons, je m'empare de la clé de la remise et hop! on se glisse dehors!

L'air est lourd et le ciel brumeux. On dirait que les étoiles ont reculé

très loin. Je murmure à l'oreille de Picolette :

— Nous, on n'est pas des froussards. Tu verras, le ciel deviendra lumineux dans le télescope. On découvrira peut-être une nouvelle galaxie !

Arrivé près de la remise, j'essaie d'introduire la clé dans le cadenas. Dans la nuit noire, la manœuvre est compliquée. Je dépose la chatte et le cahier à mes pieds. Un grondement dans le lointain me fait tressaillir. Ah non, pas un orage !

Demain, c'est le jour de ma présentation. Je dois repérer au moins quelques étoiles. Vite, au travail ! La clé finit par jouer dans la serrure. J'ouvre la porte toute grande, et Picolette s'engouffre à l'intérieur.

— Es-tu une « lâcheuse », toi aussi ?

Je saisis les jumelles et contemple le ciel. On dirait qu'il y a de plus en plus de nuages. Ce qu'il fait noir ! Où sont les étoiles ?

J'ai besoin d'un instrument plus puissant pour les découvrir. Aïe ! Une goutte s'écrase sur mon nez. Puis deux, puis trois. Pas question de rentrer, je dois continuer l'opération.

À grand-peine, je sors le télescope de sa cachette. Pourquoi est-il si lourd, cette nuit ? J'ai l'impression de travailler aussi fort qu'Hercule. Voyons l'instrument de près, maintenant. Papi m'a déjà enseigné comment m'en servir. J'y arriverai bien.

Au moment où j'approche un œil de la lentille, une pluie froide s'abat sur moi. Oh ! les cartes, les jumelles, le télescope : malheur, tout sera mouillé !

Je me penche et fouille le gazon humide, à la recherche des jumelles et du cahier des étoiles. Mes pieds butent contre un obstacle : voici les jumelles ! Le cahier est à côté. Ouf ! Je ramasse le précieux butin et le dépose à l'abri.

La pluie se transforme soudain en déluge. Les gouttes d'eau transpercent mon pyjama. BANG ! Un énorme coup de tonnerre roule

comme un bruit de tambour effroyable. Je me précipite sur le télescope pour le mettre à l'abri. Dans mon élan, je le fais tomber et m'écroule à côté. Le tonnerre et les éclairs redoublent. À quatre pattes dans l'eau, je tire le télescope vers la remise. J'y pénètre le premier, mais je n'arrive pas à y loger l'instrument en entier.

Tassé entre la brouette et la tondeuse, je m'accroupis en fermant les yeux. À moitié sous la pluie, le télescope de mon grand-père me glace les genoux. J'ai froid et je tremble de tout mon corps.

Battu par l'orage, l'appareil interdit sera-t-il déréglé pour toujours? Malheur de malheur! Et la pluie qui n'arrête pas. La chatte vient se coller contre moi.

— Ça va mal, ma Picolette…

6

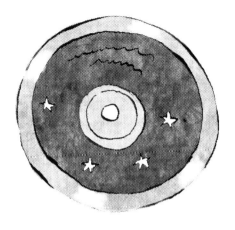

UNE SURPRISE
STELLAIRE

L'orage a cessé. Tout semble calme autour de moi. D'un mouvement brusque, je m'étire pour examiner le télescope. Ouille!

J'ouvre grands les yeux. Oh! je suis par terre, à côté de mon lit! J'aperçois ma lampe de poche dessous. Qu'est-ce que je fais là?

Les évènements de la nuit me reviennent comme un boomerang : l'expédition, le déluge, le télescope laissé à moitié sous la pluie… Catastrophe ! Un aventurier plus déconfit que moi, il n'en existe pas sur la planète. Je frissonne.

— Atchoum !

— Tu es revenu d'un étrange voyage, mon Jérémie ! dit papa qui vient d'entrer.

— Quelle heure est-il ?

La réalité de l'école m'atterre soudain autant que le sort du télescope. Arriverai-je à temps pour ma présentation ?

— Si tu veux, nous allons tirer les choses au clair, déclare papa d'un ton ferme. Assis-toi un instant.

Je m'installe sur mon lit, à côté de la chatte qui se lèche les pattes. Elle a dû rentrer en même temps que moi. Guillaume n'est pas là, heureusement. J'écoute mon père sans oser le regarder.

— Cette nuit, je suis allé te chercher dans la remise avec l'équipement d'astronomie.

— Le… le télescope aussi ?

— Le télescope aussi. Je l'ai mis au sec tout de suite après t'avoir déposé dans ton lit. Tu saisis ?

— Pas très bien. Je dois partir pour l'école !

— Bien sûr, ajoute papa. Toutefois, on a encore du temps. Il est seulement huit heures et j'irai te conduire.

— Me conduire ?

— Un exposé sur les astres, ça mérite une exception ! Guillaume nous accompagnera. Il joue dans le sous-sol avec le chien.

Je suis plongé dans un trou noir. Comment mon père est-il au courant de mon projet ? Il m'explique qu'il a découvert le télescope en voulant ranger l'aspirateur. Il n'était pas content du tout. Le lendemain matin, quand papa a jeté un coup d'œil dans mon carnet de leçons, sa colère est tombée.

— J'ai compris que tu avais un projet secret pour l'école. Je t'ai laissé naviguer dans l'espace, mais pas trop longtemps! Ça devenait dangereux.

— Il faisait froid… Atchoum!

— Ton idée est magnifique. Je te pardonne ton audace, mon débrouillard! Si tu as besoin d'un autre assistant cet été, tu peux compter sur moi. Je seconderai Guillaume.

— Tu veux dire que tu m'aideras à trouver les galaxies?

— C'est à peu près ça. Tu pourras même inviter des copains et des copines à découvrir l'univers.

— Euh… peut-être. Mais pas tout le monde!

Fabien-le-phoque vient de me traverser l'esprit. Jamais je ne l'inviterai: plutôt abandonner le projet!

— Habille-toi et descends dans la cuisine, continue papa. J'ai une surprise pour toi.

Je saute dans mon jeans sans perdre un instant. À ce soir, la toilette! D'ailleurs, la pluie m'a douché, cette nuit. Cinq minutes plus tard, je dévale l'escalier à fond de train. Sur la table de la cuisine, je retrouve le cahier de Papi avec les trois premières histoires sur les étoiles et la carte du ciel. À côté, une sorte de disque compact luit, placé bien en évidence.

De quoi s'agit-il? Je lis l'étiquette du premier disque: *La carte du ciel au printemps*. Les trois autres

s'intitulent : *Les constellations, La Grande Ourse et la Petite Ourse, Cassiopée et Hercule.*

— Voilà la surprise ! annonce papa. Imagine-toi qu'avec ce disque, ton enseignante pourra vous montrer les constellations du ciel.

Elles apparaîtront sur l'écran du téléviseur, comme dans un film.

— C'est moi qui vais présenter les étoiles, pas Jeanne!

— D'accord. Te rends-tu compte que ton grand-père avait prévu beaucoup de choses? J'ai seulement eu à moderniser son matériel. Es-tu content?

Content? Je volerais par-dessus les nuages! Je me jette au cou de papa, les larmes aux yeux.

— J'aurai la plus fantastique présentation de la classe!

— Attends un peu, dit papa. C'est l'astronomie qui est fantastique, pas les humains qui l'étudient!

— Ah!

De toute façon, je vais battre cent fois Fabien et ses cartes postales. Du cinéma d'étoiles avec des histoires à raconter : super extra ! Sandrine sera émerveillée. Je savoure mon déjeuner comme un festin de roi.

— Tu vois, dit papa, ce n'est pas complètement mauvais d'être sans emploi. Ça m'a permis de t'aider. Avec un travail, je n'en aurais pas eu le temps.

— Vas-tu rester chômeur, alors ?

— J'espère que non ! D'ailleurs, ton idée m'en a inspiré une autre : aller travailler dans un centre haut perché.

— Où ça ? Sur une montagne ?

— Mmmm…quelque part près des étoiles.

— Ah oui ?

— Chut ! N'en parlons plus. Disons seulement qu'ils ont besoin d'un technicien dans un centre d'astronomie. Je te raconterai tout si j'obtiens le poste. Maintenant, prépare-toi pour l'école. Je vais chercher ton petit frère.

7

L'ÉVASION
SUPER GALACTIQUE

Une, deux, le sac d'école est prêt ; trois, quatre, je suis déjà sur le perron ! J'ai tellement hâte de présenter mon projet et surtout, de montrer les cartes du ciel sur l'écran !

— N'oublie pas d'inviter tes amis à voyager derrière le télescope, dit papa en me laissant devant la porte de l'école.

— Oui, oui.

Dans ma tête, c'est plutôt « Non, non ». J'aimerais oublier ce point-là. Pourquoi inviter Fabien-le-phoque à la maison ? D'ailleurs, il sera parti dans l'Ouest durant un mois complet. Ça me donne une excellente raison pour laisser tomber l'invitation.

— Promis ? insiste mon père.

Je réponds un autre petit « oui » et m'engouffre dans l'école.

Une demi-heure plus tard, je commence à raconter les histoires des étoiles aux élèves des deux classes. J'ai finalement accepté que l'enseignante s'occupe du téléviseur. Comme ça, les images s'enchaînent mieux.

En même temps que les copains et copines, je découvre la Grande Ourse et la Petite Ourse, Cassiopée et Hercule dans le ciel du printemps. C'est encore plus captivant que prévu.

Je termine en disant :

— Cet été, je voyagerai dans les étoiles et les galaxies avec un télescope.

— Tout seul ? demande Jeanne avec un sourire.

— J'aurai deux assistants : Guillaume et Luc. Ce sera mon évasion d'été.

— Qui c'est, Luc ? s'enquiert mon ami Mathieu.

— Mon père ! Il m'aidera à me servir du télescope.

— Peut-on voyager avec vous ? interroge à son tour Sandrine.

La promesse faite à papa me revient d'un coup. Inviter Sandrine, je ne demande pas mieux, mais le phoque-aux-nageoires-bleu-poudre, il n'en est pas question ! Que dire ? Mais une promesse…

Sans le vouloir, ma bouche prononce :

— Tout le monde est invité !

Malheur ! Fabien-le-phoque rit jusqu'aux oreilles. Je voudrais ravaler mes paroles. J'aimerais surtout voir le phoque sur une banquise dans le Grand Nord.

J'entends soudain Jeanne me féliciter :

— Voilà une évasion d'été hors de l'ordinaire ! Les amis, vous pourrez tous en profiter. Bravo, Jérémie, notre astronome amateur ! Allez à la récréation, maintenant.

Les propos de Jeanne sont encourageants. Peut-être ai-je des chances de gagner le concours. J'en ai les mains moites. Une inquiétude me ronge quand même. Après ses vacances, Fabien sera au rendez-vous avec Sandrine. Un nuage de souris grises m'envahit…

Je n'en finis plus de ranger mes affaires. J'arrive dans la cour d'école avec au moins cinq minutes de retard. Sandrine vient aussitôt me rejoindre avec le « bleu poudre ».

— C'était beau, ce que tu nous as montré. On a aimé tes histoires aussi. Regarde, je t'ai fabriqué une étoile rouge pour te dire merci. Fabien m'a aidée.

— Lui ?

— Évidemment, c'est mon cousin ! Avant, il habitait à Sherbrooke. On ne se connaissait presque pas.

— Tu es son cou… cousin ?

Je balbutie des niaiseries en prenant l'étoile de Sandrine. Je suis trop ému. Mon amie m'a offert une étoile couleur d'amour !

Le concours de l'école, je ne sais pas si je le gagnerai. Mais j'ai conquis le cœur de Sandrine. C'est en-

core mieux ! Ensemble, nous irons dans les galaxies tout l'été. J'adore l'astronomie !

Sandrine, mon étoile à moi…

TABLE DES MATIÈRES

Louise-Michelle Sauriol

L ouise-Michelle Sauriol a exercé son métier d'orthophoniste de nombreuses années auprès des jeunes. Elle leur écrit maintenant des romans, des contes, des récits dans lesquels la fantaisie et la découverte sont au rendez-vous. Dans cette nouvelle histoire, elle s'est amusée à explorer la carte du cœur en même temps que celle du ciel : une entreprise des plus captivantes !

SÉSAME

Collection Sésame